詩書畫
我毋從前

褚宗克書

褚宗堯 博士 著

卿卿我母
您我溫馨從前　美好點滴
常留我心　永不褪
是記憶中　誠難忘
詩您　那銘心陳年憶事
書您　那戀戀感懷詩篇
畫您　那無時眷念身影
卿卿我母
思您　紙牘情濃
念您　浩瀚母恩

我的畫藝雖平凡，但，就想親筆為母親素描一張畫像，藉此緬懷她老人家令我永生難忘的慈顏善目

推薦序

——至孝，超越常人

涂光敷

回顧從前，我於民國三十八年來臺，四十五年與褚府二小姐惠玲成婚，從此與褚府結了很深的緣分。當年我孑然一身在臺，因此妻的家人也都成了我的親人。在結婚照裡，本書作者宗堯那時年方四歲，我抱他於兩膝之間。他自幼即眉目清秀、聰慧乖巧，極得人緣。

我與褚府數十載相處，足以見證，褚府諸兄弟姊妹，事親至孝。本書作者宗堯是家中排行老九的么兒，與母長年共居，朝夕親近慈顏，知母更深，其孝愛之行更甚於諸兄姊。事實上，其眾兄姊們亦常讚言他：「小弟對媽媽的至孝，超越常人。」此言誠不虛，我與他們親來戚往年久日深，耳聞目睹，故能詳也。

我尤其難忘，宗堯在民國六十年九月十六日（當時就讀臺大二年級，其四哥亦同校四年級），有感於母親當年為籌措兄弟兩人註冊費之艱辛，曾親筆寫下以母為範之十願：

「願我：毋負母望，專心學業，成功立業，以報母恩。」

一、像媽一樣地機智，遇事沉著，臨危不懼。

二、像媽一樣地有耐心。

三、像媽一樣地能吃苦。

四、像媽一樣地性情溫柔。

五、像媽一樣地從不向人低頭。

六、像媽一樣地從不抱怨一切難事。

七、像媽一樣地能夠盡量忍氣吞聲。

八、像媽一樣地能夠知足而不貪。

九、像媽一樣地冷靜、果斷、有恆、不洩氣。

十、像媽一樣地愛護家庭，尊敬雙親、長輩。

誠然，宗堯爾後數十年，為此宏願努力實踐並一一達成。宗堯之毅力、之虔誠、之純孝，觀乎今日，實屬罕見。而如此孝子、孝癡，亦是亙古少有，著實令人感動與佩服！

多年來，宗堯除了自己躬行「老吾老」之至孝外，更積極弘揚孝道，為母親撰寫「孝母專書」，並已付梓八冊（母慈子孝系列）。文中多處，詳述其母親一生持家與為人、處世之道，母子間的舐犢情濃與孺慕情深，自然流露。吾瀏覽之餘，更將之與孝經孝文對照，實多可與之相為呼應者；深入省思，更是教人牽腸動情，感動欽佩不已。

宗堯今日更以《詩書畫我母從前》出版第九本「孝母專書」，將其對母親無盡的思念，藉由詩篇、書法及繪畫三者之結合，以新的風格來展現。此舉更令我敬佩，其行也恭，其孝感人，特為其作序。期能呼籲更多人效其善行，共襄盛舉，為弘揚孝道盡一份心力。

民國一一二年元月
涂光敷於風城新竹

作者按：涂光敷先生為本書作者已故二姊褚惠玲女士之夫婿，現年高壽九十六歲，曾任職新竹縣政府兵役科科長退休。

推薦序

——孝養、孝敬與孝順

褚煜夫

我的母親是個很有智慧與福報的人，她一生信佛，晚年不僅健康也長壽。她老人家在民國一〇四年農曆十一月十七日（這天正值阿彌陀佛的佛誕日），以百歲的嵩壽，安詳寧靜地被佛祖接引往生西方極樂世界。雖然我們不免難過不捨，但，佛祖這樣地疼惜母親，如此地殊勝，我們為人子女的夫復何求！

褚家的每一個孩子對母親都非常欽佩與感恩。因為，早期的褚家一貧如洗，母親用她堅毅無比的愛心與智慧，讓我們五個兄弟、五個姊妹，雖出身貧家，卻都能沐浴在母愛中成長與茁壯，並培養成為社會上有用之人。

母親辭世至今已近八個年頭，我永遠忘不了她老人家在世時，每星期總會有一天（通常是星期四），兄弟姊妹及媳婦、女婿們，自備午餐歡聚在老厶宗堯的家。如同兒時般圍繞在母親身旁，邊吃邊回顧從前褚家難忘的點點滴滴。而向來喜歡熱鬧的母親坐在一旁，也跟著回味與笑談，訴不盡的陳年憶往與歡笑，就縈繞在整個廳堂中。每想起此情此景，歷歷如昨。

只可惜，這麼令人懷念的歡樂日子，卻隨著母親往生西方極樂世界後，如今，也只能成為追憶了！

坦白說，褚家的每個孩子對母親都非常孝順，但，么弟宗堯更是特別。因為，母親生前的最後十年，幾乎長年住在堯弟家中，無論生活起居的打理、病痛的養護，大都是他一家人在照顧。

尤其，忘不了母親往生前住院的那一段時間，看著堯弟日夜照護母親的愛心、耐心、細心，與不捨，作為兄姊的我們都非常感動。真的，堯弟不僅做到了「孝養」媽媽的身，更做到了「孝敬」以及「孝順」媽媽的心。

此外，為了緬懷母親，堯弟在二〇〇一年到二〇一一年的十年間，先後為母親撰寫了八本「孝母專書」，描述了我們敬愛的母親，她一生的重要生活點滴與諸多嘉言懿行。坦白說，今天我們這些兄姊們，每當想念母親時，只要翻開堯弟的這些佳作，心情立即得到很大的慰藉。此點，真的要感謝我們這位么弟的用心。

《詩書畫我母從前》是堯弟的第九本新書，這本新書不同於前八本書的風格，他藉由詩篇、書法及繪畫三者的結合，來傾訴他對母親無盡的思念。於此，大哥謹代表褚家兄弟姊妹們向堯弟祝賀，並再次向他致上最誠摯的謝意！

堯弟對母親的孺慕與思念之情，幾乎是永不止息的。說實話，像這樣一位無論在母親生前及身後都如此孝順的人子，實為世間罕見。我身為他的大哥，真是與有榮焉，特為其作序。

民國一一二年元月
褚煜夫於風城龍騰大廈

作者按：褚煜夫先生為本書作者之大哥，現年八十六歲，曾任國立新竹高級中學暨國立新竹女子高級中學之數學教師、明新科技大學數學講師。

推薦序

——弘揚孝道為己任的褚師

陳振田

我與褚老師的緣分甚深，他不僅是我大學與研究所學生時代的老師，乃至今天共創事業的好夥伴。在這長達四十餘年的歲月中，褚師絲毫都沒有長輩的架子，因此，我們的相處不僅和睦，而且相知與相惜。說實話，讓我真正領略到，那種既難得又珍貴的亦師亦友情緣。

褚師事母至孝，是眾所悉知的。細節不予贅述，就從他為母親生前撰寫了三本「孝母專書」，更於母後至今又出了五本，即可望出端倪。坦白說，世上曾為母親寫過一篇文章的人本已不多，會寫一本甚至八本書的，那就少之又少了。

褚師的八本「孝母專書」系列，包括：散文、詩歌、小說、插畫，以及繪本等不同題材。書中的主題，不外乎記述著褚師在褚媽媽生前，有關母慈子孝、舐犢情深的生活點滴，與他如何服侍慈母直至百歲高齡，以及諸多為人子女者的孺慕情濃心得分享。

此外，更闡述了褚師在褚媽媽百歲仙逝後，那種近乎無盡的思念、感恩，與緬懷之情，進而將其對母愛之孝行昇華為對社會的大愛，並決定奉獻餘生，全力推廣孝道之大志業。

近年來，褚師除了更積極投入當年褚媽媽與褚師共創的「褚林貴教育基金會」之營運，持續資助貧寒學子外，亦不遺餘力地相繼撰寫與出版弘揚孝道的「孝母專書」，期望能讓孝道的理念在當今社會上廣為流傳。

為此，褚師的第九本新書《詩書畫我母從前》隨之問世。這本「孝母專書」不同於前幾本書的風格，褚師透過詩篇、書法及繪畫三者的結合，繼續傾訴他對母親無盡的緬懷。雖然與褚師認識了四十幾載，但我從未知曉，他在書法及繪畫上有相當程度的造詣，褚師行事之低調與謙遜，由此可見一斑。

褚師的感人作品在今天這個年代，可說是一股難得的清流，同時也受到了相當程度的肯定。他曾經以〈再老，還是母親的小小孩〉一文，榮獲「第四屆海峽兩岸漂母杯文學獎」（散文獎第三名，二〇一五年六月），誠屬不易。

尤其，至今他仍然持續不斷地為推廣孝道而寫作，其言行著實令人感動及敬佩！相信，若累計褚師為其母所撰作品之豐，也是金氏紀錄所罕見的！

說實話，能夠認識這麼一位在母親生前及身後都如此孝順，而且言行一致的孝子，我有幸身為褚師的學生，今天又承蒙受邀為他的新書作序，實在是與有榮焉！

謹此，深盼褚師的新書《詩書畫我母從前》，以及已經出版的前八本「孝母專書」，能夠感召更多的讀者與更多的有緣人，共同為弘揚孝道盡一份心力！

民國一一二年元月

陳振田於風城新竹

作者按：陳振田先生為作者在交通大學及清華大學任教時極為優秀之學生，曾任天瀚科技「創辦人兼董事長」；現任安瀚科技「創辦人兼董事長」、華瀚文創科技「董事長兼執行長」、天瀚文教基金會「董事長」、褚林貴教育基金會「董事」。

自序：詩書畫我母從前

母親在高壽百歲安詳辭世，匆匆已過七載。至今，我依舊將她的房間保持著原貌。每天晨晚，我總會進房向她慈祥的肖像禮敬，恍若她老人家仍然在家。然後，在她昔日常坐的藤椅上靜坐片刻，想想過去和她在一起的那些美好時光，一股溫馨情懷總是盈滿我心。

我是母親五男五女中的么兒，排行老九。我們母子間，有著罕見的緣深與情重。母親辭世後雖已多年，我依然無法停止對她的思念，她老人家於我，始終是終生無時不眷念的身影。

因此，七年來，我經常想念著她，同時，更積極致力於孝道的推廣，並以母親事蹟為題材，陸續為她寫了如下八本「孝母專書」：

《話我九五老母——花甲么兒永遠的母親》、《母親，慢慢來，我會等您》、《母親，請您慢慢老》、《慈母心・赤子情——念我百歲慈母》、《詩念母親——永不止息》、《一個人陪老母旅行——母與子的難忘之旅》、《母與子心靈小語》、《再老，還是母親的小小孩》。

而今天這本書，已經是我為母親寫的第九本書了。

我這一生並無大志，也沒什麼特殊成就可言。若要說有什麼值得提起的，或許，至今我能為母親寫了九本書，算是我最深感榮幸的事蹟。

因為，世上曾為自己母親寫過一篇文章的人，本就不多，會寫一本書的，那就更少了。尤其，為母親可以一連寫下九本書的人，想必是少見，而我何其有幸，卻是其中一人。

我的前八本「孝母專書」系列，包括：散文、詩歌、小說、插畫，以及繪本等不同題材。不可思議的是，前述每一本書的進行，事先我並無規劃，而都是在不同因緣際會下，一股莫名的驅力引導著我去完成的。

而那一股驅力，正是我為了報效母恩，以及發心弘揚孝道的無量願力。倘非如此，我又如何有此心力去為母親一連寫下九本書，甚至，可能更多的下本書。

真的，一切都是因緣。前些日子，由於疫情蔓延，我有較多的居家時間思考。對母親的思念，也從未間斷。正好藉此機會，想想：還有什麼題材可以在下本書發揮的？而我總是如此幸運，佛菩薩與母親也總在這樣的時刻來眷顧我。

一日清晨，我坐在書桌前，望著窗外十八尖山景色，想起昔年三月花季時，我曾推著輪椅陪同母親上山賞花的溫馨往事，思母之情油然而生，母親慈祥溫柔的容顏亦同時浮現。隨即一個靈感乍現：我想為母親素描一張她老人家的畫像。雖然我的畫藝並不高，但臨摹能力還算不錯。之後，我很有行動力，很快地以我最喜歡的一張母親肖像為藍本，半個月內就完成了這項任務。

以一個從未正式學畫的人而言，我自認為畫得還算可以。但，光憑這張畫是不足於成書的。因此，我想起昔日曾為母親所寫的詩詞中，有不少深具母子情深的陳年憶事，若稍加整理後，我認為對於弘揚孝道應是滿適宜的題材。至此，有了「畫」也有了「詩詞」，內容的份量當然增益了不少。

不過，我總覺得還是不夠生動，我希望這本書相較於前幾本的風格，要更有變化、更有特色，才不負我為母親一連寫下九本書的發心與願力。

左思右想了幾天，終於又一個靈感乍現——臨摹蘇東坡的行書字體。也就是將我寫的詩詞，以蘇東坡的行書體來展現。為此，我花了將近一個半月時間，以柔繪筆認真地書寫，終於完成了這項任務。成果不消說，當然與東坡大師的造詣相差甚鉅。但，向來我書畫的臨摹能力還算不錯，能有此成果已經很滿意了！

讀者們一定好奇想問，為何是蘇東坡呢？因為，母親知道我是東坡迷，珍藏了不少蘇東坡相關的典籍，中年時還曾兼程造訪過湖北黃州的「東坡赤壁」呢！除此，我家客廳牆上，還懸掛著一幅偌大的「赤壁懷古」書法橫匾。

尤其，蘇東坡是宋代「四大書法家（蘇黃米蔡）」之首，他的《黃州寒食帖》更是被稱為「天下第三行書」，所以，能夠臨摹他的行書體，我深感榮幸！

其實，我之所以這麼做，還有一個原因：母親和我一樣也是東坡迷。她老人家在世時，常以ㄇ型助行器在家中散步，每當經過客廳時，她常駐足並注視牆上東坡「赤壁懷古」橫匾，同時，逐句念念有詞。由於那是行草書體，有些字不易分辨，至今我依稀記得，當年在一旁為母親解釋字體的那段溫馨往事。

而前述母親的這段故事，才是為何我要以蘇東坡的行書體，來展現我的詩詞的最主要原因。（附記：猶記得昔年，心血來潮時我也會寫寫書法，當時母親還在一旁誇讚我頗有書法的潛能，只可惜，後來較為忙碌而未能持續。）

由於這些因緣，從我為母親所畫的素描，到整理昔日為母親所寫的母子情深的詩詞，以至將這些詩詞以臨摹蘇東坡的行書體來展現。就此，構成了我這本新書的主體，它包含了詩、書、畫等三個內涵。為了顯發這三大特色，我將本書命名為《詩書畫我母從前》，相信它應該不同於前幾本書的風格。

值得一提的是，本書封面的書名體是我親筆的書法，是我首次大膽的嘗試，也是不同於前八本書的特色之一。又，封面中的母親，時年九十二歲，依然保持著端莊、雍容、高雅的氣質。

感謝佛菩薩與母親的美意，能在如此殊勝的因緣下，藉著我為母親而寫的第九本專書《詩書畫我母從前》（序號：母慈子孝009），與讀者們再次見面。

本書共分為八篇，包括：篇一〈猶記藤坪山莊、石門水庫伴母遊〉、篇二〈回想北歐俄五國伴母遊〉、篇三〈憶及中國上海二度伴母遊〉、篇四〈緬懷日本北海道伴母遊〉、篇五〈難忘日本立山黑部伴母遊〉；此五篇記敘著，昔年我陪伴母親她老人家在國內及國外旅遊的美好時光。篇六〈記九旬老母端節包粽〉，則追憶母親她老人家在九十高齡時，疼子孫心切，仍為我們包粽共度端午佳節的難忘憶往。

篇七〈百日清明追思慈母〉及篇八〈禮讚：慈母心‧赤子情〉，此二篇是母親往生後，我無時不想念她，藉著幾首詩，來詩（思）想起她老人家的從前。其中，有清明時節對她的追思，以及昔時老母親與我之間的難忘情懷。

尤其，最後一首仿效蘇東坡所作的〈夜記夢母〉，文中充分顯發我對母親她老人家濃郁的孺慕情深。至今，我還經常拿出來讀它，讀後，每每動容不已。

而為了讓讀者們更深入了解每一首詩的寫作動機，我特意在每首詩文之末，寫了一小段「後記」，藉此增加詩的故事性。同時，也附上幾張相關照片，希望能夠讓整個詩的意境更為生動。

綜上，我的一系列九本「孝母專書」，每本書所想傳達的宗旨不外乎：生做慈母的么兒甚感榮幸，也非常珍惜這一世難得的母子緣，願用心及盡心地把握，與母親在世時所共處的寶貴時光；即使是母親辭世後，更是永不止息地緬懷她老人家慈祥的身影。

此外，拙作的序文裡我都會強調，一介平凡百姓的我，既非大官、富豪，亦非名流，出版一系列「孝母專書」的目的，既不為名也不為利，只想將這些作品留傳給我的子孫，及有緣的讀者們。期待大家，除了分享多年來我在孝順母親的作法與心得外，更盼望大家也能共襄盛舉，一起為弘揚孝道盡些心力！

本書《詩書畫我母從前》能夠順利出版，要特別感謝褚林貴教育基金會朱淑芬董事，在基金會行政事務上的協助，以及榮譽董事楊東瑾顧問與李盈蓁小姐，他們對基金會官網與facebook的協助與奉獻。

除此，也要感謝褚惠玲顧問、好友蔣德明先生，還有一些善心人士，他們對基金會多年來的護持與慷慨捐贈，讓基金會業務的推廣以及「孝母專書」的出版，皆得以順利運行並持續發展。

如同每一本「孝母專書」的序言，我摯誠地將此書呈獻給我一生的導師以及永遠的慈母——褚林貴女士（母親雖於百歲高齡辭世，但，她的法身卻仍然與我同在、與我同行）。

《詩書畫我母從前》除了恭敬地作為母親一百零七歲誕辰的獻禮外，更感謝她老人家對我一輩子無怨無悔以及無垠無邊的照護與教誨——生我、鞠我、長我、育我、顧我、渡我……，並向她老人家獻上我內心的至誠祝福：

「媽，願您在西方極樂世界精進增上，圓成善果！」

民國一一二年（西元二〇二三年）二月八日（農曆正月十八日）
（母親一百零七歲誕辰紀念日）
褚宗堯於風城新竹

附記：

《詩書畫我母從前》在寫作與整編過程中，我對母親永不止息的思念，不斷地從記憶金庫裡湧現，讓我得以穿梭於記憶甬道中，重溫我和母親倆那些珍貴相處，且溫馨無比的歲月憶往。能得如此收穫，我的內心既感動又感恩。

雖然，母後匆匆已過七年，但，於我而言，母親始終在我身旁，不曾遠離。

於此文末，我想再度呼籲天下為人子女者——行孝要「及時」更要「即時」！

楔子　略說我母生平事

☆前言

我的母親褚林貴女士，無疑是我終生無時不眷念的身影。也因為這個原因，她老人家辭世至今七年左右，包括生前，我一共為她寫了九本書。

如同自序文中所言，這世上曾為自己母親寫過一篇文章的人，本就不多，寫一本書的，就更少了。甚且，為母親一連寫下九本書的人，肯定是少數，而我，何其有幸，卻是其中一人。

不少親友或讀者們都會很好奇，我的母親究竟是怎樣的一個人，能夠讓她的孩子鍥而不捨地為她撰寫了如此多本書？

為此，藉著本文〈略說我母生平事〉的描述，我想，讀者們對我的母親，就會有較為深入的認識與了解。

☆出身寒門的母親

母親的出身與成長故事充滿著傳奇性，在那個年代，她的身世相較於其他人，也更為曲折與困頓。

回顧民國六年（一九一七年）的臺灣社會，是一個民風純樸、觀念保守的舊時代。這一年，我的母親褚林貴女士誕生了。

這位看似平凡卻是十分偉大的女士，是我一生中最敬愛與最眷念的慈母，也是我永遠永遠的上師。

母親不僅出身寒門，從小失怙（是外祖父清末秀才的遺腹女）；而且，她的童年及青少年時期，一共歷經了三對父母親，包括：一對親生父母（本姓「連」）、一對養父母（姓「林」），及一對義父母（姓「蔡」）。坦白說，從小就如此乖舛命運的小孩，誠屬少見。

☆命運坎坷，不怨天

據母親言，當年在林家，因為林姓養母過世，養父無法獨力照顧母親，才會決定將她又寄養至身為中醫師的蔡姓義父母家。

換言之，年少時的母親，竟然前後經歷了兩次不同家庭的養女歲月。而可敬的是，母親對於自己命運的坎坷，卻從不怨天也不尤人。

說實話，真的很少人的身世會像我母親那樣，在小小的年紀開始，就必須面對日後漫長的養女歲月，並承受多次親情離散的無情打擊。母親在她童年及青少年時期的這些不幸遭遇，著實令人心疼。

所幸，母親終究能夠身心俱佳地順利渡過這些困境。顯然，這不僅是她極其幸運的福報，更是我非常敬佩及崇拜母親的地方。因為，真的難以想像，在她那麼小的年紀，居然能夠有如此能耐去面對。

事實上，我更以能夠作為如此偉大母親的兒子為榮。

☆不畏艱辛，肩負沉重家計

那個年代，早婚的農業社會下，母親在十八歲時，嫁給了大她三歲的我的父親。這門親事，是由她的養父為她慎重抉擇的。

當年父親出身地主之家，原本家境不錯，只可惜，年輕時在歷經了南京及上海的兩次經商失敗後，家道便從此中落。婚後幾年，十個子女（五男五女）相繼出生，食指浩繁，生活更加不易。

此後，沉重無比的家計負擔，也長期不斷地加諸在母親這個弱女子的身上。可想而知，在那個既動盪又物資匱乏的年代裡，生活是極其艱辛的。

據知，為了解決這麼沉重的家計負擔，母親只得積極地找尋及嘗試，任何有助於增益家庭收入的工作機會。這期間，母親做過了不少差事，包括：幫人洗衣、揉製米糠丸（自食兼販售）、代工編裁竹藤製品、販售香蕉等水果、擺攤賣飲料、賣粽子、經營小雜貨店兼出租漫畫書等。

事後母親回想，當年的臺灣，就業機會非常匱乏，但，舉凡可增益家庭收入的任何工作或小本生意，她都不會輕易放過嘗試的機會。

說實話，在那個年代，如此一個婦道人家，要肩負起一家十多口的生活重擔，絕對是件相當艱鉅的事。

☆隨緣認命，振我家運

然而，母親畢竟家學淵源，承襲了清末秀才外祖父的優質血緣，再加上為了自己心愛子女們的幸福著想，母親總是隨緣認命、咬緊牙關，憑著她過人的聰慧、靈敏，和無與倫比的堅強毅力，屢屢加以克服，總算也安然渡過了她一生中最感困頓的時期。

母親年輕時的這些坎坷遭遇，以及振興褚家家運的辛勤付出與偉大貢獻，作為兒女的我們，一輩子都由衷地感謝她，而且非常敬佩她！

今天的褚家，雖非達官顯貴之家，但，至少也是個書香門第，是一門對國家及社會有一定貢獻的家族。她的孩子中有博士，有教授，有名師，有作家，有董事長，有總經理等不同領域的人才。

如果以母親身處的那個艱困年代，以及她的貧寒出身而言，能夠憑藉著自己的一雙手，造就出如此均質的兒女們出來，真的不得不佩服她教育子女的成功，以及她對子女教育的重視與堅持。

因為，當年若不是母親的睿智，我們這些子女們，早就個個送去當學徒了，自然也就不會有褚家今天的家運。

☆福慧母親——慈悲、樂善好施

母親是個非常有福報的人，她不僅身心健康，並且耳聰目明地活到了百歲嵩壽。此外，她更是個悲心十足的慈善人家。

她老人家在世時，膝下已經兒孫滿堂，而且多數略有成就。然而，她卻經常想起早年生活及持家的艱辛不易。尤其，更感念當年每逢學校開學時，家中同時有著小學、初中、高中，及大學等不同學齡的孩子，正等著她去張羅一筆為數不小的註冊費，而且總是捉襟見肘。這些諸多窘困景象，常令她念茲在茲於心。

易言之，由於經歷過從前的那段艱辛歲月，慈悲善良的母親極想回饋社會。一方面，希望能夠幫助那些需要幫助的弱勢學子們；一方面，更思及家庭教育、社會教育，以及弘揚孝道之重要性，著實不容忽視。

☆成立基金會，回饋社會

因此，在她的發心以及我的積極策畫下，母親和我共同發起並各自捐贈了新臺幣一百萬元，於民國一〇一年（二〇一二年，母親正值九十六歲）的一月十八日，正式成立了「財團法人褚林貴教育基金會」。

成立基金會的這筆錢，我原本要全額獨自承擔，而不讓母親把她辛苦一輩子省吃儉用的積蓄捐出來。但，她有她的理想，極力堅持一定要由她捐贈一半，而為了尊重她老人家的心願與美意，我也只好順從她了。

同時，母親也在董事會全體成員熱烈的推舉下（雖然她極力婉辭），眾望所歸地榮膺了基金會的創會暨第一任董事長（至今她依然是永久榮譽董事長），我則義不容辭地擔任她的執行長。

自此，基金會積極展開工作，多年來母子一直企盼回饋社會的宏願終於得以實現。

回想當年創立時，她曾執意不能以她的名義作為基金會之名，也婉拒擔任基金會董事長之職。我費了好大的心力才說服她，強調之所以如此做，其實有著非常重大的意義。最後，好不容易，她老人家終於點頭應允了。

☆母子同心，出錢亦出力

基金會成立的宗旨，主要是秉持著母親慈悲為懷、樂善好施的精神，並以「贊助家境清寒之學子努力向學」，以及提升「家庭教育」與「社會教育」之品質及水準為發展的三大主軸；此外，更以「弘揚孝道」為重要志業。

母親期望透過本基金會的實際行動，略盡綿薄之力，並藉此拋磚引玉，呼籲更多的社會人士及機構共襄盛舉，一起投入回饋社會的行列。

說實話，以母親為名的這個基金會，於我而言，絕對是意義非凡。因為，我們母子倆不僅共同發起與成立，而且既出錢也出力。

如今，基金會的運作已經邁入第十二個年頭了，這樣的具體行動，不僅能夠持續遂行母親和我想回饋社會的心願；同時，也隨時喚起了我對母親的美好回憶，好像母親一直在我身旁，未曾遠離。

的確，只要這個基金會能夠永續運作的話，那麼，不僅母親與我對社會的綿薄貢獻會持續下去，而且，我對母親的珍貴記憶也將永遠不會消失。

☆慈母的言教與身教

坦白說，此生中，母親一直是我最敬佩與最景仰的人。在前幾本拙作裡，我曾多次提及母親是我這一生中的上師，她教導了我對生命的正確認知，以及對生活實作的積極態度。也因此，讓我更有智慧及勇氣去面對生命的無常，以及生活的多變。

這些睿智及實用的觀念與態度，來自她日常給予我們這些孩子的身教與言教。尤其難得的是，在長年的薰陶與教化之下，它已成為母親賜給我們的無價之寶，而且，更是珍貴的傳家之寶。

坦白說，忘了有多少次，它們曾經幫助我在現實生活中，即使遭遇到多麼艱難的問題，或再大的困境，也多半能夠迎刃而解，甚而安然渡過。

☆無價傳家之寶，終生受用不盡

為此，本文值得我再次描述，這些得自於母親所賜予的無價之寶——十種有關「生命認知的觀念」以及「生活實作的態度」的內容。它們大致可以分成：「圓融的待人哲學」、「睿智的處事態度」，以及「豁達的心靈氣宇」等三大類。

◎首先，有關「圓融的待人哲學」方面

不可否認地，「待人」始終是一門人生必修的學問；它看似容易，卻是一門「知易行難」的課題。而母親在親戚、朋友，以及鄰居中，向來是個「人氣王」。她老人家在這方面賜給我的寶物，就展現在：

「待人大度，慷慨隨和」、「善解人意，體恤人需」，以及「手足相愛，家和事興」等三個面向。

◎其次，「睿智的處事態度」方面

我們都深知，人生在世，面對無常的生命，以及多變的生活，想要順利地安身立命，其實並不是一件容易的事。而充滿人生智慧的母親，她賜給了我另外一個無價之寶——「睿智的處事態度」。有關這方面的資糧，她則展現在：

「理事聰慧，接物靈敏」、「苦中作樂，忙裡偷閒」，以及「貧時忘憂，養生有道」等三個面向。

◎再者，「豁達的心靈氣宇」方面

自古以來，任何人，無論其出生貴賤或富窮，一旦呱呱落地，隨即面對生活的多變，以及生命的無常。嚴格說來，人生在世其實是苦多於樂的。而針對這個「苦多於樂」的人生，我們又該如何面對與自處，這確實是一大挑戰與難題。

而我的母親如前所述，她不僅出身寒門，從小失怙，並且經歷了兩次不同家庭的養女歲月……。在面對這些困厄及苦迫時，她是如何做到「不怨天又不尤人」？身處劣境時，她又是如何「隨緣認命」而自處呢？

顯然，「豁達的心靈氣宇」便是她面對及自處之道，也是她賜給我的無價之寶。而這方面的智慧珍寶，她展現在：

「胼手胝足，無怨無悔」、「虔誠信佛，菩薩恩持」、「豁達自在，樂觀不懼」，以及「內斂低調，顯時忘名」等四個面向上。

☆分享母親的人生哲學

總之，上述母親在身教與言教的諸多德操與涵養，是她賜給我的人生無價之寶。我不忍藏私，特於拙作《慈母心‧赤子情——念我百歲慈母》（母慈子孝004）中第二十九章及三十章做更深入的描述。期盼能與褚家家族及後代子孫們相互共勉，並確實效法學習她老人家的德行與風範。

同時，也期望能與有緣的讀者們，一起分享我母親的人生哲學，以及實際又寶貴的生活經驗與智慧。相信，日後在您面對與領受生命的無常及生活的多變時，或能有所助益。倘能如此，則更是母親及我之所企盼。

☆舐犢情濃與孺慕情深

母親於高壽百歲往生，住世長達一世紀之久。她老人家在三十六歲時生下了我，我是她的么兒，排行第九。

她老人家與我，母子倆之間，格外緣深情重。這一生，我們共處了歡喜的六十五載歲月，她對我是無盡的舐犢情濃，而我對她則是無限的孺慕情深。

☆堯兒永遠的上師與明燈

回顧從小到大，我有幸能夠長時間伴隨在母親身旁，接受她無微不至的照顧，以及耳提面命的教導。對她老人家，我真的是充滿著無限的敬佩與景仰。同時，更感恩於她，讓我有這麼多的機會，能夠耳濡目染於她的言教與身教，從而領受到待人、處事，和心靈方面的涵養，並幸運地獲得她深厚的真傳與助益。

坦白說，她老人家對我心靈與智慧之影響，絕非僅止於過去，而且，更是長遠地引領著我的未來。

事實上，母親對我來說，就如同是我生命與生活中永遠的「上師」，更是黑暗裡的一盞「明燈」，照亮著我，也導領著我。我永遠感激她，也永遠懷念她！

母親十件無價的傳家之寶

圓融的待人哲學

待人大度　慷慨隨和

善解人意　體恤人需

手足相愛　家和事興

睿智的處事態度

理事聰慧　接物靈敏

苦中作樂　忙裡偷閒

貧時忘憂　養生有道

豁達的心靈氣宇

胼手胝足　無怨無悔

虔誠信佛　菩薩恩持

豁達自在　樂觀不懼

內斂低調　顯時忘名

目次
Contents

篇一

猶記藤坪山莊、石門水庫伴母遊

攜母藤坪

城佬攜母藤坪莊
欲將天倫留追憶
青山有幸白雲飄
綠水得福善人居
此生斯景能幾回
當下拾取君毋悔

①

二〇〇六年八月十日，我陪同母親、妻、女兒、兒子全家福，在獅頭山獅尾附近的藤坪山莊喝下午茶。猶記得，照片中大夥兒當時所圍坐的餐桌，是母親早年結婚時的嫁妝。

這張桌子使用很久，直到我成家立業後，因為搬遷到綠水路新家，當時為了節省空間，才忍痛送給了友人山莊老闆作為營業之用。

而在母親辭世後，由於我非常思念她老人家，遂與山莊老闆情商，請回了這張骨董桌子。目前，它就置放在家中餐廳，每每睹物思人，好像母親仍然與我同在，未曾遠離。

作者按：母親的這張嫁妝桌，距今也有將近百年的歷史了，堪稱骨董級的桌子。

① 母親和我全家福在獅頭山藤坪山莊喝下午茶（餐桌是母親早年結婚時的嫁妝）
② 母親和我在獅頭山藤坪山莊後院，欣賞五月油桐花盛開
③ 母親與我在獅頭山藤坪山莊，一面喝下午茶，一面欣賞青山綠水，對山即是伕佬山（我命名的）

伴母石門

伴母重遊石門園
十載不見景依舊
珠灣楓林阿姆坪
湖畔午茶孺慕情
浮生有夢當追尋
不教回憶任空留

二〇〇六年五月十三日，我陪同母親重遊桃園的石門水庫。

距上次來訪，約略有十年光景未曾到此一遊了，然而，周遭的湖光山色依然如同往昔般美麗，甚且更加清幽。

此行，主要遊逛了石門水庫區內的槭林大道、壩頂觀洪平臺，與周邊的龍珠灣，以及區外的阿姆坪等景點。

此外，更在知名的「大溪湖畔咖啡」喝個下午茶，母子倆就徜徉與沐浴在濃郁的孺慕馨情中。

今天回想起這件往事，內心充滿著無限的懷念。也慶幸當年能夠有此機緣，並當下付諸行動，才能為今天留下這珍貴且美好的回憶。

③

②

① 母親與我在石門水庫內，楓林步道附近的槭林公園合影
② 母親與我在「大溪湖畔咖啡」喝下午茶，身後即是石門水庫上游
③ 早年母親和家人同遊石門水庫，在水庫壩上合影

篇二

回想北歐俄五國伴母遊

三代齊遊

仲夏北國八人行
妻兒女女岳娘姨
祖孫三代齊鴻遊
親情何似滿庭芳
人生此情不長有
無有福緣那得春

①

一九九六年七月十三日到八月一日的二十天夏季旅遊，是我一生中最感快樂的時光。

這趟行程包括了挪威、瑞典、芬蘭、丹麥等北歐四國，以及當年蘇聯解體後的俄羅斯，總共有五個國家。最為殊勝的是，此行與我同遊的家人和姻親，包括了母親、內人、女兒、兒子、岳母及兩位內人的阿姨。

這樣的機緣，誠屬稀有。試想，有多少人在一生中能夠同時與至親八人之眾，在這世界之北的異國，共享旅遊的愉悅與親情的歡聚，並且，譜下了「三代齊遊」的天倫之樂！

今天，每憶及此事，總是心存感恩。因為，當年能有如此難得的經歷，真是要感謝佛菩薩所賜予我們的殊勝福德因緣。

① 一家八口遊北歐時，在芬蘭首府赫爾辛基火車站月台上合影，正準備搭乘臥鋪夜車，前往北方的羅瓦里米Rovaniemi（聖誕老人村）

② 難得三代同遊北歐及俄羅斯，在芬蘭的羅瓦里米Rovaniemi（聖誕老人村）與聖誕老人合影的全家福照

③ 母親與我在歐陸最大冰河「約斯特達恩冰河」前留影，後面的冰山真是氣勢磅礡

篇三

憶及中國上海二度伴母遊

母子遊滬

滬市二度母子遊
孺慕舐犢不言中
世紀大觀新天地
靜安襄陽金茂樓
天倫馨情直須惜
但求斯景常相憶

①

②

二〇〇一年十一月及二〇〇二年秋季（老母親時年正值八十五歲、八十六歲），有兩次機會，我因公到上海及蘇州辦事，順便帶著母親一同前往。

算來，這是繼「北歐四國及俄羅斯之旅」後，第二次、第三次與母親同行出國旅遊。而值得強調的是，這也是我生平第一次，自己單獨帶著母親到國外旅行——「一個人陪老母旅行去」。

猶記得當時遊歷了幾個知名景點，包括：世紀公園、大觀園，與新天地，還有靜安寺、襄陽市場、金茂大樓等名勝。

我們母子倆朝夕相伴，悠遊在這新舊交替的歷史名城。當時濃濃的孺慕親情與舐犢母愛，歷歷在目，時時縈懷。可喜的是，當年曾寫下了這五首詩，至今，讓我得以藉此常相追憶！

③

①母親與我在上海浦東的世紀廣場前留影（後面有當年APEC字牌）
②母親和我在上海老城隍廟附近，豫園旁之「綠波廊餐廳」前留影
③母親和我在上海住宿的旅店附近公園，與巨型孔雀模型樹雕合影

謝賜善緣

金茂高樓啡茶會
母子連心 話家常
外灘步道夜燭遊
天倫溫情驅寒涼
承歡曲意無怨尤
銘感上蒼賜善緣

此詩的緣起如前所述，乃母子倆在上海同遊的那段，至今仍回味無窮的珍貴時節。

我和老母親在金茂大廈第五十四層樓的西餐廳，當時為母親點了一壺紅茶，我自己則叫了一杯咖啡。母子倆就對坐在，當年堪稱全中國最高的商業大廈，一面品酌著紅茶與咖啡，一面話家常。隔著西餐廳挑高的玻璃帷幕，夕陽西下的浦東美景就在眼前，遊目可觀。

在離開金茂大廈之前，我特地請君悅大酒店西餐廳的服務小姐，為我和母親拍了幾張照片作為留念。這些照片，為我留下了日後滿滿的回憶。

除此，也利用晚餐後的閒暇，懷著秉燭夜遊般的心情，帶著母親前往上海知名的外灘步道去遊逛。時當秋末冬初，寒氣陣陣，母子倆竟不覺得冷。可能是因為我時刻曲意承歡，贏得老母歡欣喜悅，如此濃烈天倫溫情盈滿倆人心窩，以致忘了寒冷吧。

① 母親與我在上海浦東區金茂大廈54層樓「君悅大酒店」，一面喝咖啡與飲茶，一面欣賞上海夜景

② 我為母親在有千年歷史的上海市的「靜安寺」大門口前照相留念

③ 母親與我同遊上海時，在當年頗負盛名的「襄陽市場」巷道內留影，一睹人山人海的熱鬧場景

敬攜母手

晚秋客訪大觀園
母子二人座上賓
俏扮賈母尊且貴
伊容祥露慈母情
幺子敬攜老母手
孝意濃濃報慈恩

①

本詩的緣起亦如前所述，仍是我們母子倆難得在上海同遊的那段美好時節。

當時，正逢晚秋季節。其中一個行程，我特地帶著老母親去參訪大觀園。初來乍到，我們母子倆真的就像劉姥姥般，既驚且喜地，在偌大的大觀園裡頭四處遊逛。

由於當天不是節假日，遊客並不多，因此，我們的到訪，有如園方難得的上賓，備受歡迎。一時好玩，我慫恿母親著裝扮演賈寶玉的母親。依稀記得，她老人家的扮相，真是既尊榮又貴氣。當下，看著她老人家慈祥的容顏，以及眉目之間盈溢著的舐犢濃情，實在讓我感動萬千。

啊！我這么子抓緊這難得的機緣，輕挽著老母親的手，盡情地四處瀏覽。當時的心境，只希望藉著我的孺慕情濃與孝意，聊報母親這一生對我的無量恩情。

① 母親和我在上海知名的「大觀園」主建築前留影
② 母親於上海「大觀園」中，藉場景與人物蠟像拍照，扮相十足
③ 母親遊上海「大觀園」時，與場景中的林黛玉等蠟像合影留念

孝思承歡

滬市名店上海館
和平錦亭老飯店
醬方含棗大烏參
肉糯蟹餃八寶鴨
承歡之意不在館
聊表孝思赤子心

①

此詩的緣起仍如前所述，即我們母子倆在上海度假的那段溫馨時節。

眾所皆知，上海在大陸是個南北人文薈萃的大都會，尤其它的飲食文化更是早已馳名中外。因此，在上海的幾日行程中，我們不免要嚐嚐道地的上海名餚。

為了讓老母親品嚐到人氣美食，我預先做好功課，搜尋了幾家上海知名的代表性飯店。當時我們曾經到訪的餐廳包括：和平飯店、錦亭酒店、上海老飯店等。

由於上海名菜不勝枚舉，而母子二人點菜著實不易，因此，也只能圈選我小抄中排名較前的幾道佳餚，如：醬方、含棗大烏參、肉糯、蟹餃、八寶鴨等。

其實，對母親而言，一向勤儉持家的她，是不會在意菜餚好壞的。而我別無他求，一心只想取悅她老人家，願她吃得開心，玩得高興，藉此聊表我對她的一片赤子孝心。

① 母親與我在上海知名的「錦亭海鮮酒店」午餐，享用道地可口的上海本幫菜
② 母子倆在知名的「上海老飯店」晚餐，牆上有「榮順堂」字牌（老飯店原名）
③ 母親與我在上海豫園九曲橋附近的「長興樓」晚餐，品嘗該店著名的麵食

老子報恩

兼程攜母江南行
不為何意為承歡
略盡反哺訴孝意
欲報親恩趁及時
慈母生我適三八
半百老子報恩勤

①

這首詩的緣起亦仍如前所述，我和母親倆在上海同遊的那段難忘時節。

回想二〇〇一年十一月及二〇〇二年秋季的這兩次上海之行，雖然前後只有短短數日，但，母親曾經喜笑顏開地謝謝我，謝謝我能夠二度帶著她到上海旅行，讓她感受到，那從未有過的思古之幽情的江南行。

母親在三十六歲時生下了我，前往滬市度假那時節的她已將近九十歲，而我也已年過半百，可說是個老孩子了。因此，我若想要報答母恩，當然就要及時且即時了。

而這兩次上海之行，我單獨一個人陪她出來旅遊，真的就只是想略盡反哺心意，藉此聊表我對她老人家浩瀚母愛的感恩之情。

① 母親與我在上海知名的「和平飯店」午餐，窗外還可鳥瞰黃浦江的船景、江景
② 母親於上海著名的「東方明珠塔」（當年的地標）前留影，此時正值黃昏之際
③ 母親於燈火通明的上海灘留影，後方即是著名的上海灘夜景

篇四

緬懷日本北海道伴母遊

天倫情懷

攜母遨遊北國秋
天倫情懷滿心頭
欣逢秋意正飛逸
遍野群山綠紅黃
人生三素日氣水
淨潔馨溫母子心

①

二〇〇三年晚秋十月，老母親已經高壽八十七歲。

我心中盈溢著濃濃的天倫情懷，孤身一人，陪伴母親再次出遊。這次，我帶著慈母前往她老人家憧憬已久的日本北海道，好好觀光一番。

當時，北海道已是秋意濃濃的金秋季節。放眼望去，楓林處處，鬱鬱蔥蔥。有趣的是，雖然棵棵楓樹的根部綠草翠然，但，周邊的綠草坪上卻是落葉繽紛，色彩斑斕。那滿山遍野的「紅、黃、綠」交融景色，真是令人賞心悅目。母親置身如此仙境，亦是讚嘆不已。

北海道真不愧是個好地方，陽光充足，空氣新鮮，水質清澈。換言之，生命三要素的「陽光、空氣、水」，在這兒，無一缺乏，且品質絕佳。

何其有幸，母子倆能相偕遊覽如此勝景！只見秋陽暖暖，空氣清新，草甸寬闊，天地一片寧靜祥和，真是一幅美好的「天地有情，人間有愛」溫馨圖畫。

③

②

① 母親和我同遊北海道時，參觀知名的「男山酒廠」，我們也淺嚐了該廠的清酒
② 母親與我旅遊北海道時，在札幌市的大通公園電塔前合影
③ 母親和我在北海道札幌市，著名的「鐘樓（時計台）」前留影

母子北遊

楓情捎來園滿紅
母子北遊正逢秋
天人峽谷象萬千
瀑布奇石紅黃楓
人間仙境不常有
道中處處飄仙蹤

①

我們母子倆於二〇〇三年十月間飛往北海道，在五日遊的行程裡，處處可見秋色秋景，令人不禁想起北宋范仲淹的〈蘇幕遮〉詞：「碧雲天，黃葉地，秋色連波，波上寒煙翠。」

依稀記得，足跡所至，無一不美如仙境。只見遠山林木紅黃斑斕，近處原野寬闊，腰繫著潺潺溪流，溪流上搭著小橋，溪畔林間滿鋪著飄零的落葉。此情此景，讓人不禁讚嘆，真是一幅小橋溪水流、秋葉映山紅的天然美景！

我陪著母親步行了一段山間小徑，入目盡是清幽的山谷林木，盈耳滿是淙淙溪聲天籟。途中還經過著名景點「天人峽」及「流星の滝」（只見高巖奇石之間隱藏著一道水量充沛的瀑布，飛瀑如白練，與葉色漸次轉黃變紅的楓樹林互相映襯，美不勝收），在此，我特地為母親拍了幾張獨照，同時也請人幫我們母子倆拍了幾張

① 北海道之旅的海鮮亦是重頭戲，晚餐時，母親和我舉起體型巨大的帝王蟹留影
② 母親與我旅遊北海道時，在大雪山國家公園的「天人峽」標示牌前合影

合照，以茲留念。

「阿堯，這裡的水氣好充沛，而且空氣真好，真像個仙境。」母親有感而發讚嘆道。說完，她深深地吸了好幾口氣，無比舒暢地沉浸在大自然的懷抱裡，臉上漾著欣喜與滿足的笑容。

此時，一股溫馨暖流，不由自主地盈滿著我整個心窩。說實話，能有這樣的機緣，這樣的福分，我除了感恩之外，就是要好好地把握與珍惜當下。

啊！如此仙境般幽雅、寧靜的好地方，實為人間少有。然而，北海道竟得天獨厚，處處都是如此絕景美色。無怪乎，北海道會成為頗為著名的旅遊勝地。

就這樣，我和母親且行且停，優游陶醉在這彷彿遺世的山林美景中。

我與母親在北海道大雪山國家公園的「流星の滝」標示牌前合影

作者按：日文「滝」即為「瀑布」的意思。「滝」字原本寫作「瀧」，是日本的簡體漢字。

母親和我在北海道的帶廣市「幸福車站」前合影，她手上拿著美麗的楓葉，此站是我們北海道之旅，搭機返台前的最後行程

篇五

難忘日本立山黑部伴母遊

欣母同遊

立山黑部母子行
客居名棧加賀屋
雪牆梯田合掌村
佳餚美景孺慕情
九旬我母欣同遊
敬天謝地念神恩

①

自從上次與母親同遊日本北海道之後，匆匆已過三年。常令我耿耿於懷的是，之後，就一直沒有機會，再次一個人陪同母親到國外旅遊。

我深知，母親的個性樂山樂水，無論是在國內或是去國外，旅行始終是她的最愛（我想，我之所以也偏愛旅遊，應該多少遺傳自她吧！）。只是，母親向來客氣，即使心裡十分盼望能夠再次出國旅遊，卻總是將這個想法埋在內心深處，而從不主動表達出來。

直到二〇〇六年暮春四月，母親已經九十高齡了，我決心排除各種不便，並徵得妻子的同意，再次一個人帶著老母親到日本去，圓成了另一次母與子的難忘之旅。

這次目的地是頗負盛名的「立山黑部」，並連續兩晚下榻在日本十分知名的度假旅館「加賀屋」，享受了該旅館服務甚佳的和室住宿，以及聞名的「懷石料理」大餐。

① 日本立山黑部之旅，母親與我在黑部水庫牌碑前留影，當時氣溫很低
② 母親與我二人同遊日本立山黑部，入住知名的五星級飯店「加賀屋」時，店方為我們留影

整個行程，我們隨團造訪了不少著名的景點，尤其是甚具代表性的「立山雪牆」、「白米千枚梯田」、「相倉合掌村」、「黑部水庫」、「和倉溫泉」、「輪島朝市」、「兼六園」、「武家屋敷」等名勝古蹟。

值得一提的是，沿途中，我們除了盡情欣賞這些難得的美景外，領隊非常貼心，在三餐的安排上，也讓大夥兒品嚐了不少純日式的佳餚，藉此，我們更瞭解了日本的飲食文化。

雖說母親向來不重視物質享受，但，這次能夠再度一個人陪她到日本旅行，讓我得以盡情地表達對她老人家的孺慕孝親之思，內心真的感到無限欣慰。

畢竟，歲月不饒人，母親的體力與精神，都已不再像往常般的硬朗與充沛了。為此，我真的必須好好把握與珍惜，她老人家還能夠行動自在的寶貴時光。

日本立山黑部之遊，母親和我在頗富盛名的梯田「白米千枚田」留影

尤其，母親已經高壽九十歲了，她還願意完全信賴我，讓我帶著她出國觀光，而且，整個行程她總是慈顏含笑，心情愉悅。說實話，她堪稱為一個最佳旅遊同伴呢！

最可喜可慰的是，整個行程中，她老人家不但玩得不亦樂乎，最後還平安健康無虞地返家。能得如此，我誠心敬謝天地，更萬分感激神恩，賜予我這既難得又可貴的大福報！

母親與我在日本富山縣的立山上，皚皚白雪的「雪牆」路旁，兩人興奮地合影留念

九旬五五

忙裡兼程攜母行
五日閒遊裏日本
亦步亦趨勤懸拂
但求略盡親恩報
阿母九旬我五五
老小小老老亦小

①

二〇〇六年暮春四月的立山黑部之旅，同團的成員們都屬較年輕的一群。算來，母親當年已是九十高齡，而我也都五十五歲了，可說是老一輩的族群。

通常老人家的心境是越老越像小孩，而母親亦如此。因此，母子倆可說是「老小小老老亦小」的一對。這倒好，年幼時母親照顧我，而她年老時就該我照顧了。

這次，我正好利用立山黑部之旅的五日行程，帶著她盡興地遊覽前首詩中所提及的幾個著名景點。畢竟，日本算是她老人家心目中非常能夠接受的一個國家。

由於我是一個人陪伴她，沒有其他親人需要我去分心關照，因此，我能夠全心全力地隨侍在側，並無微不至地照顧她老人家。雖然這次的旅遊行程只有五天，但，能夠讓我藉此略表心意回報母恩，我真的是非常感恩！當然，也非常地珍惜此一機緣！

① 在日本「相倉合掌集落」的牌碑前，母親與我倆合影留念
② 母親與我住宿日本「加賀屋飯店」，母子倆同時換上和服，享用豐盛可口的晚餐
③ 立山黑部之遊，母親於「兼六園」牌碑前留影，舉止與神態非常的高雅與慈祥

篇六

記九旬老母端節包粽

老母包粽

丙戌五五端陽至
粽香飄飛滿庭芳
九旬老母猶包粽
只為兒孫喜啖食
天倫斯情享溫馨
人生此福當須惜

彥希彥廷最喜歡吃阿嬤包的粽子了，除了粽子好吃外，更充滿著阿嬤所包的愛心

回想這輩子我所吃過的粽子，就屬母親所包的粽子最好吃了。因此，每逢端午節，我都會非常思念母親，以及她老人家在世時所包的粽子。

猶記得二〇〇六年五月三十一日，這天正值農曆五月五日端午佳節。

當時，母親都已是高齡九十的長者了，但，善解人意及天性體貼的她，依然親手為我們包粽子。只因為她的這些兒孫們，實在太喜歡吃她老人家所包的粽子了。

忙活一陣，廚房裡飄來濃濃的粽子香味，瀰漫在家中的所有角落，久久不散。兒孫們迫不及待地圍繞在她老人家身旁，大家有說有笑地吃著慈祥阿嬤的粽子。

啊！這樣的天倫之樂與家族馨情，是再多金錢也買不到的。人生能夠享有這樣的福報，真該好好珍惜啊！

至今，每每想起此事，就喚起我對母親她老人家無限的懷思！

我永遠懷念母親過年時必做的拿手私房菜「黏錢紋」（至今每逢過年，妻都一定會做這道菜）

九旬母粽

粽香依在年已老
老母九旬我五五
挾提舊景忽猶現
常盼端午母包粽
此生好景君須記
最是九旬老母粽

昔日在食品路老家廚房，母親正忙著包粽子，因為，褚家兒孫們最喜歡吃她老人家親手包的粽子了

每逢佳節倍思親，尤其，一年容易又至端午佳節。

或許是太感動母親在九十歲高齡時，還特地為我們這些子孫們包粽子，為此，我前後以她老人家為題，連續寫了兩篇端午節相關的詩，除了感謝她老人家外，並引以為誌、為念。

雖然，年年皆有端午節，粒粒粽子的美味也都依然飄香，只是，日月如梭，老母親已然九十歲，而我也已是超過半百的老者了。

似乎年紀越大，越常想起陳年往事。依稀記得孩提時，春天才到，就已盼望著端午節的來臨，因為，母親總是會包最好吃的粽子給我們吃。……啊！這段往事，真是令人難忘！

真的，生命中能夠讓我們永記不忘的往事，其實不多，但，於我而言，能夠吃到九十歲老母親親手包的美味粽子，卻是我一生中永遠鮮明不褪的記憶！

母親早期在家中廚房（剛搬至綠水路新家不久），親自下廚煮麵給我吃（我的生日壽麵）

篇七

百日清明追思慈母

慈母度母

母兮生我時三六
舐犢情深六五載
鞠我長我慈母情
顧我渡我度母恩
今雖慈母返淨土
長盼法身護我行

民國一〇五年四月四日
百日清明

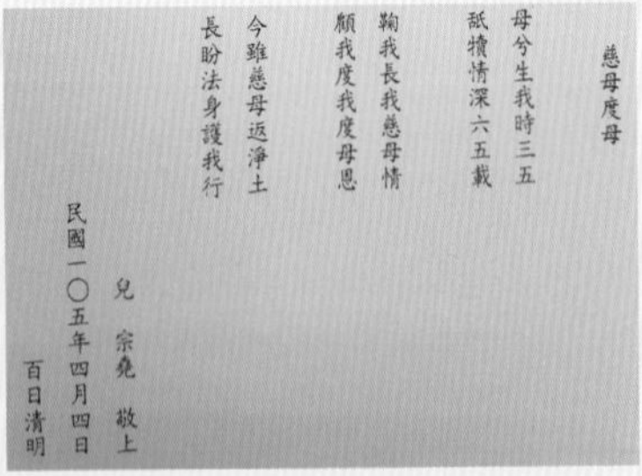
慈母度母

母兮生我時三五
舐犢情深六五載
鞠我長我慈母情
顧我度我度母恩
今雖慈母返淨土
長盼法身護我行

兒 宗堯 敬上
民國一〇五年四月四日
百日清明

我們追思母親的紀念光碟，封面上有我對她老人家思念不已所寫的一首詩─慈母度母

母親在她三十六歲時生下了我，而我何其有幸，能夠與母親共處了六十五載歲月，深深領受她老人家對我始終不變的舐犢濃情，直到她嵩壽百歲辭世。

真的，我永遠感謝也永遠無法忘懷，母親對我這一輩子，無始無邊以及無怨無悔的犧牲和付出。母親生我，鞠我，長我，育我，顧我，渡我，可謂慈恩深廣。坦白說，母親對我的這些疼愛與恩情之浩瀚，窮盡我這一生之努力，都難以回報其萬一。

今天，慈藹的母親雖然已經駕返西方淨土了，但，我仍然深切地盼望，她老人家的法身，依然能夠隨時在我身旁，護顧著我，加持著我。

作者按：民國一〇五年四月四日為母親往生「百日」，當天亦適逢清明節，甚為殊勝。更巧的是，這天也是我的生日，我與母親緣分之深，足以見之。

母親一生虔誠信佛，她很欣慰我能專程陪她，參訪她嚮往已久的佛陀紀念館。如今我深信，她老人家已經往生淨土

母親　兒好想您

不曾悲慟如此　這一生
原以為　母親您永不老
但終究　此願成追憶
就在您　百歲嵩壽高年

頻望那床鋪　不見您
只留下靜謐　孤與我

相依　猶似昨日今朝
啊！想您　親愛的母親
兒想您　好想您

母親雖然往生多年，但至今，她的房間我依然保持著原樣。只是睹物思人，每每讓我好想念……好想念她老人家

那長久忘唱老歌忽響起
～～母親您在何方～～
雁陣兒飛來飛去　白雲裡
經過那萬里　可曾看仔細
雁兒呀　我想問你
我的母親　可有消息
令我情不自禁　傷欲絕
頃間　哀慟悲緒無由心頭起
思母情無限　噴然湧出
如排山倒海　久久無法自己

母親辭世前極為珍貴的照片，攝於民國一〇四年十二月十八日（往生前十天左右）

母親　啊　親愛的母親
忘不了　您我舐犢情濃
數不盡　我您孺慕情深

當那夜闌人靜　每想起
常教我失神落寞　泣下不已淚沾襟

如今啊　如今
煙波渺渺　斯景依舊
故人卻如黃鶴遠逝　無處尋

母親　此刻您在何處　過得好嗎
兒多麼想您　真想您　好想您

昔日陪同母親至新竹科學園區，觀賞盛開的香港櫻花，好想念她老人家的慈靄容顏

從來，我不曾如此悲慟過，民國一〇四年的十二月二十七日午後，我最深愛的百歲老母親離開了我。

一時，我無限悲傷與心痛，猶如刀割，魂馳恍惚，久久無法自已⋯⋯。

這是我的故事，但，也是每個人一生中必然經歷的事。

這首詩，如實描述了百歲慈母對我的「舐犢情濃」，與我對她老人家的「孺慕情深」；以及那難過又難忘的記憶、那無法忘懷的不捨離情，與對她老人家永不止息的思念之情。

我希望藉此詩呼籲大家：

行孝真的要「及時且即時」，切莫讓自己日後陷於無法挽回的懊悔，以及一生喚不回的遺憾中。

作者按：民國一〇四年（二〇一五）十二月二十七日，這天為農曆十一月十七日，亦是殊勝的阿彌陀佛佛誕日。因此，我盼願也深信，母親她老人家已經往生西方極樂世界了。

篇八

禮讚：慈母心‧赤子情

母愛 愛母

問世間　至愛是何物
除卻母愛　孰能與比
愛妻愛子　愛其所愛
人子者　豈能不愛母
母愛愛母　人倫常根
母慈子孝　天地經義
君莫忘
那昔時母愛　舐犢情濃
君且記
這今朝愛母　欲報何期

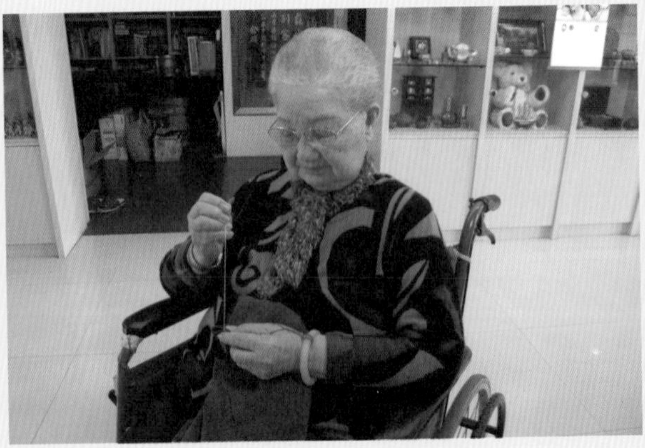

母親在家中客餐廳，她雖年事已大，卻仍然細心地為我縫補背心上脫落的鈕釦，真所謂：慈母手中線，遊子身上衣。這件背心至今我一直保存著，而且經常穿它

歲月它無情　飛逝總如梭

慈母她耄耋　年力已老矣

但盼我母　慢慢老

孝您順您　久久長

勸君啊

勸君　行孝須及時

莫憾啊

莫憾　欲養親不待

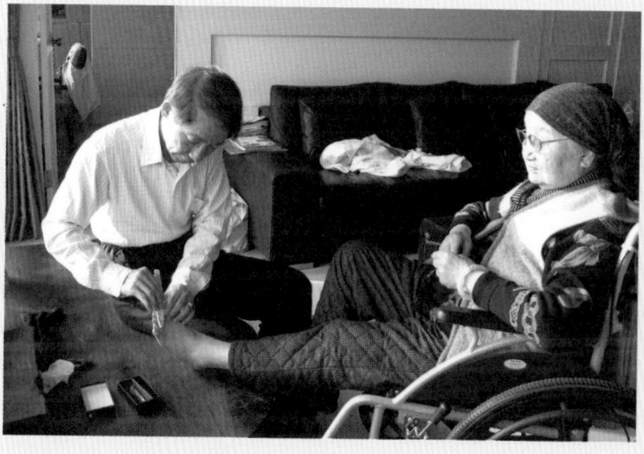

在家中客廳長椅上，我為母親修剪腳指甲及手指甲（她說我比較細心）。感謝當年照顧她的外傭，在一旁偷偷幫我們照此相，至今我也才能有此溫馨的回味

母親嵩壽百歲仙逝後，我除了經常思念她外，也積極推廣孝道，並以母親事蹟為題材，陸續地為她老人家寫了一系列「孝母專書」《母慈子孝系列》。

每一本書、每一篇文章，以至於逐句逐字，都是我為報孝母恩，並發心弘揚孝道而戮力完成的。

母親是我終生無時不眷念的身影，多年來，我透過不同的方式來抒發對她老人家的緬懷與思念。

這首詩，也是我的代表作之一。但，其中更深層的意義是，希望能夠喚起為人子女者，對「母愛愛母」與「母慈子孝」的重視。

我認為，母親與子女之間，無論是「母愛愛母」或「母慈子孝」，本就是人倫的根本，也是天經地義的事。而母親對子女的「舐犢情濃」，以及子女對母親的「孺慕情深」，更絕對是人間最為可貴的至愛。

母親戴著圍兜在個人餐桌上用餐，我經常在一旁陪她用早餐

真的，別忘了孩提時，母親對我們數不盡的疼惜；也別忘了歲月無情，母親正逐日邁向衰老；更別忘了「樹欲靜而風不止，子欲養而親不待」的教訓。

謹此，也提醒天下為人子女者，切記——再老，還是母親的小小孩。

尤其更要珍惜還有媽媽可叫的寶貴時光，因為，母愛始終是世界上最偉大的真情，也是最珍貴的摯愛。

如同前首詩所示，藉此，再次呼籲大家：行孝要「及時」且「即時」！

母親很欣慰我能親自陪同她到佛光山，參訪佛陀紀念館並虔誠禮佛

夜記夢母

五年生死兩相茫　常思量　亦難忘
法明蓮位　無時不念懷
母子相逢或不識　紋滿面　鬢蒼蒼
午夜夢迴忽還家　廳堂前　倚杖行
相對無言　不禁淚千行
盼得時時堂前會　明月夜　玉蘭香

民國一〇九年十月一日中秋夜記夢母

（仿蘇軾《江城子　乙卯正月二十日夜記夢》）

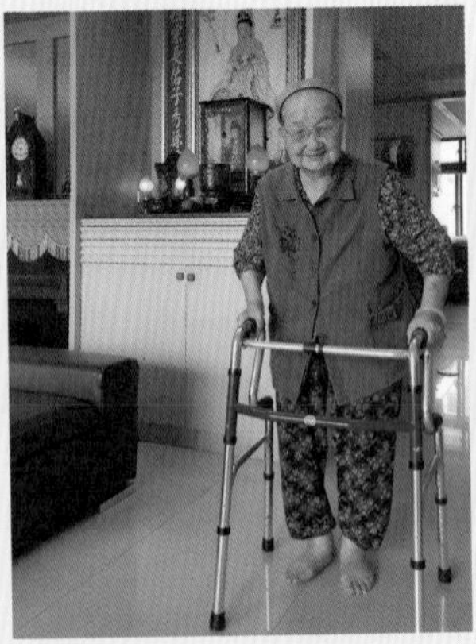

母親在世時，經常用ㄇ型助行器在家中廳堂散步運動，偶爾也會赤腳步行（時年高壽百歲，攝於104年11月23日，這是她辭世前一個月在家中行走的極為珍貴照片）。母親辭世七年了，我無時不思念她，盼得時時堂前會

母親百歲辭世以來，我對她的思念，猶如無限延長的虛線……，連續不斷，似乎永無盡頭。

她老人家的房間，我仍然保持著原貌，紋絲未動。每天早晚，我會進去向床頭櫃上她慈祥的肖像請安，宛如她老人家依然與我同在一般。然後，在她床邊的椅子上靜坐片刻，緬懷過去我和她在一起的美好時光。

二〇二〇年十月一日，正值農曆八月十五日中秋節，這天晚上我夢見了母親回到家裡。我驀然醒來，一時間，思念之情百感交集，於是，模仿蘇軾〈江城子．乙卯正月二十日夜記夢〉，深情地寫下了這首詞。

我彷彿看見母親回來與我相會，皎潔的月光映射入家中廳堂，她老人家一如往昔，拄著她慣用的ㄇ型助行器，緩緩移步向前。母子倆相對卻無言，但，都情不自禁地流下了無限相思的眼淚。

啊！真盼望我們母子倆，能夠經常相會，在這廳堂

母親每天早晚都會在家中廳前堂後散步，而每次經過佛堂時，她總是不忘虔誠地向觀世音菩薩敬拜

前，共賞落地窗外高掛夜空的皎潔明月，一同聞著我特地為母親所種植的，在陽臺的玉蘭花所飄進來的清香。

作者按：

1. 「法明蓮位」意指母親的蓮位，供奉在苗栗縣頭屋鄉明德村明德水庫周畔的「法明寺」。
2. 玉蘭花是母親最喜歡的花，她老人家在世時，每逢花季，我常會買來送給她，而她總會插在髮際或耳際上。
3. 目前家中陽台的這一棵玉蘭花樹，是母親辭世後，我為了緬懷她老人家而特地種植的。每年花開時，我都會摘下幾朵，置放在她房間的肖像前供奉。

昔年女兒彥希文定時，我與母親（時年高壽九十二歲）於綠水路家中客廳合影。相片中母子倆舐犢情濃、孺慕情深，讓我留下無限美好的回憶

附錄一
母親年譜事紀

年份	年齡	事紀
一九一七（民國六年）	誕生	農曆正月十八日（身份證登記國曆六月二十四日），生於臺灣新竹市，為外祖父連商宜和外祖母連楊棕的獨生女，母親上有三位兄長。外祖父是清末的秀才，但母親生下來即為遺腹女
一九一八（民國七年）	二歲	林家認養母親為養女
一九二七（民國十六年）	十一歲	蔡家認養母親為養女
一九二九（民國十八年）	十三歲	日據時代新竹女子公學校畢業（日式教育）
一九二九（民國十八年）	十一－十三歲	公學校畢業後，因家貧無力繼續升學。但經常利用餘暇在新竹市關帝廟之漢學私塾旁聽，自學而奠立了漢語基礎，聽、說、讀、寫皆能
一九三四（民國二十三年）	十八歲	嫁給父親褚彭鎮為妻
一九三五（民國二十四年）	十九歲	長女褚媞媞出生
一九三七（民國二十六年）	二十一歲	二女褚惠玲出生

年份	年齡	事紀
一九三八（民國二十七年）	二十二歲	長男褚煜夫出生
一九四〇（民國二十九年）	二十四歲	二男褚炯心出生
一九四二（民國三十一年）	二十六歲	三女褚雅美出生
一九四四（民國三十三年）	二十八歲	四女褚玎玲出生
一九四七（民國三十六年）	三十一歲	三男褚式鈞出生
一九四九（民國三十八年）	三十三歲	四男褚炳麟出生
一九五二（民國四十一年）	三十六歲	五男褚宗堯出生
一九五七（民國四十六年）	四十一歲	五女褚珮玲出生
一九九四（民國八十三年）	七十八歲	年初開始作畫，無師自通畫了十年之久，後因眼力關係而少畫，共有百幅左右。我保存了五十幅，其中挑選了二十五幅代表作，珍藏於《話我九五老母》一書中
一九九六（民國八十五年）	八十歲	隨同五男宗堯全家祖孫三代至北歐四國及俄羅斯旅遊
二〇〇一（民國九〇年）	八十五歲	五男宗堯首次單獨陪同母親至中國上海旅遊
二〇〇二（民國九十一年）	八十六歲	五男宗堯再次單獨陪同母親至中國上海二度旅遊
二〇〇三（民國九十二年）	八十七歲	五男宗堯單獨陪同母親至日本北海道旅遊
二〇〇六（民國九十五年）	九十歲	五男宗堯單獨陪同母親至日本立山黑部旅遊，此行為母親一生中最後一次國外旅遊，多年後她曾經對我說過，這也是她此生中最愉快、最難忘的旅行
二〇〇七（民國九十六年）	九十一歲	曾孫褚浩翔（三男式鈞之孫）出生（母親算起之褚家第一位第四代孫子）

年份	年齡	事紀
二〇一〇（民國九十九年）	九十四歲	曾外孫陳羿愷（五男宗堯之外孫）出生（母親算起之褚家第一位第四代外孫）
二〇一一（民國一〇〇年）	九十五歲	一月三十日起長期定居於五男宗堯家
二〇一二（民國一〇一年）	九十六歲	母親與五男宗堯於正月十八日共同創立「財團法人褚林貴教育基金會」，母親並榮膺基金會「創辦人暨第一任董事長」
二〇一二（民國一〇一年）	九十六歲	宗堯為母親寫的第一本專書《話我九五老母——花甲么兒永遠的母親》，十一月正式出版
二〇一三（民國一〇二年）	九十七歲	基金會榮獲新竹市政府感謝狀，我代替母親接受表揚
二〇一三（民國一〇二年）	九十七歲	曾外孫陳羿捷（五男宗堯之外孫）出生（母親算起之褚家第二位第四代外孫）
二〇一四（民國一〇三年）	九十八歲	五男宗堯為母親寫的第二本專書《母親，慢慢來，我會等您》，五月正式出版
二〇一四（民國一〇三年）	九十八歲	基金會再度榮獲新竹市政府感謝狀，我再次代替母親接受表揚
二〇一四（民國一〇三年）	九十八歲	曾孫褚旭展（五男宗堯之孫）出生（母親算起之褚家第二位第四代孫子）
二〇一四（民國一〇三年）	九十八歲	十一月九日五男宗堯陪同母親搭乘高鐵至「臺北一〇一大樓」，這是她第二次參訪「臺北一〇一大樓」
二〇一四（民國一〇三年）	九十八歲	十二月三日五男宗堯陪同母親搭乘高鐵至高雄「佛光山」及「佛陀紀念館」參訪，母親非常欣慰及感恩，此生能有此機緣到此佛教聖地禮佛

年份	年齡	事紀
二〇一五（民國一〇四年）	一百歲	六月九日五男宗堯以〈再老，還是母親的小小孩〉一文榮獲「第四屆海峽兩岸漂母杯文學獎」散文組第三名，母親相當高興，對我讚譽有加，並且非常用心地詳讀我的得獎之作
二〇一五（民國一〇四年）	一百歲	母親於十二月二七日自在往生淨土，享年百歲（以農民曆算，已過冬至並吃過湯圓），這天是農曆十一月十七日，正值阿彌陀佛佛誕日，依於她這一生的福德因緣，我深信她老人家已經往生西方極樂世界
二〇一六（民國一〇五年）		恭請母親為「財團法人褚林貴教育基金會」永久榮譽董事長
二〇一六（民國一〇五年）		四月四日為母親往生「百日」，這天亦適逢清明節，甚為殊勝
二〇一六（民國一〇五年）		十二月十五日為母親往生「對年」（農曆十一月十七日）
二〇一六（民國一〇五年）		五男宗堯為母親寫的第三本專書《母親，請您慢慢老》，五月正式出版（本書原計畫作為慶賀母親百歲壽誕之禮）
二〇一七（民國一〇六年）		一月六日母親之牌位與祖先牌位正式合爐
二〇一七（民國一〇六年）		曾孫女褚伊涵出生（五男宗堯之孫女），亦是母親算起之褚家第一位第四代孫女）
二〇一八（民國一〇七年）		一月三日為母親往生「兩周年」紀念日（農曆十一月十七日）
二〇一八（民國一〇七年）		五男宗堯為母親寫的第四本專書《慈母心・赤子情——念我百歲慈母》，二月正式出版（本書恭作為母親一百零二歲誕辰之紀念）

年份	年齡	事紀
二〇一八（民國一〇七年）		十二月二十三日為母親往生「三周年」紀念日（農曆十一月十七日）
二〇一九（民國一〇八年）		五男宗堯為母親寫的第五本專書《詩念母親——永不止息》（詩文），二月正式出版（本書恭作為母親一百零三歲誕辰之紀念）
二〇一九（民國一〇八年）		十二月十二日為母親往生「四周年」紀念日（農曆十一月十七日）
二〇二〇（民國一〇九年）		五男宗堯為母親寫的第六本專書《一個人陪老母旅行》（小說），二月正式出版（本書恭作為母親一百零四歲誕辰之紀念）
二〇二〇（民國一〇九年）		十二月三十一日為母親往生「五周年」紀念日（農曆十一月十七日）
二〇二一（民國一一〇年）		五男宗堯為母親寫的第七本專書《母與子心靈小語》，二月正式出版（本書恭作為母親一百零五歲誕辰之紀念）
二〇二一（民國一一〇年）		十二月二十日為母親往生「六周年」紀念日（農曆十一月十七日）
二〇二二（民國一一一年）		五男宗堯為母親寫的第八本專書《再老，還是母親的小小孩》（繪本），二月正式出版（本書恭作為母親一百零六歲誕辰之紀念）
二〇二二（民國一一一年）		十二月十日為母親往生「七週年」紀念日（農曆十一月十七日）

年份	年齡	事紀
二〇二三（民國一一二年）		五男宗堯為母親寫的第九本專書《詩書畫我母從前》，二月正式出版（本書恭作為母親一百零七歲誕辰之紀念）

附錄二
母親創立的教育基金會

☆關於基金會

母親是「財團法人褚林貴教育基金會」的創辦人暨第一任董事長，本文特將基金會的成立宗旨、使命、方向及目標，透過在基金會官網及 facebook 上之基本資料簡介如後，期能藉此拋磚引玉，呼籲更多慈善的社會人士及機構共襄盛舉，一起投入回饋社會的行列。

名稱：財團法人褚林貴教育基金會

成立時間：二〇一二年一月十八日

聯絡處：30072新竹市東區關新路27號15樓之7

☆基金會緣起與宗旨

本基金會成立於民國一〇一年一月十八日，由創辦人暨第一任董事長褚林貴女士以及執行長褚宗堯先生共同捐贈出資設立。

成立之宗旨主要是秉持褚林貴女士慈悲為懷、樂善好施之精神，並以「贊助家境清寒之學子努力向學」，以及提升「家庭教育」與「社會教育」之品質及水準為本基金會發展之三大主軸；此外，並以「弘揚孝道」為重要志業。

創會董事長褚林貴女士生於民國六年，家學淵源，是清末秀才的遺腹女。她的一生充滿著傳奇性，不僅出身寒門，從小失怙，而且，經歷了兩次不同家庭的養女歲月，卻從不怨天也不尤人。及長，嫁給出身地主之家的夫婿，原本家境不錯，可惜年輕的夫婿在南京及上海的兩次經商失敗之後，家道從此中落。

不久，十個子女又先後出生，沉重無比的家計負擔，長期不斷地加諸在一個弱女子的身上，她卻能夠隨緣認命，咬緊牙關，憑著自己無以倫比的堅強毅力，以及天生的聰慧靈敏，終於振興了褚家的家運。

今天的褚家，雖非達官顯貴之家，但，至少也是個書香門第，是一門對國家及社會有一定貢獻的家族。她的孩子中有博士，有教授，有名師，有作家，有董事長，有總經理等。以褚林貴女士的那個艱困年代，以及她的貧寒出身而言，能夠單憑自己一雙手造就出如此均質的兒女出來，真的不得不佩服她教育子女的成功，以及對子女教育的重視與堅持。

當年，她膝下已兒孫滿堂，而且多數稍具成就。為此，更感念於過去生活之艱辛不易，而亟欲回饋社會。一方面，希望能夠協助需要幫助的弱勢學子，另方面，更思及家庭教育、社會教育，與孝道弘揚之重要功能，實不可忽視，因此，主動成立此教育基金會。

褚林貴女士期望能夠透過本基金會之執行，以實際行動略盡綿薄之力，並藉此拋磚引玉，呼籲更多的社會人士及機構共襄盛舉，一起投入回饋社會的行列。

☆基金會使命與業務

本基金會秉持褚林貴女士慈悲為懷、樂善好施之精神，除了主動贊助家庭清寒之學子努力向學之外，並以提升家庭教育及社會教育之品質與水準，作為本基金會今後發展的三大主軸；此外，並以「弘揚孝道」為重要志業。

為此，舉凡上述相關之事務、活動的推展，包括書籍或刊物之出版、教育人才之培育及提升，以及孝道之弘揚等，皆為本基金會未來努力之方向及目標。

使命：提升新竹市教育品質，充實新竹市教育資源。

主要業務：

一、促進家庭教育與社會教育相關事務及活動之推展。

二、協助並贊助家庭教育與社會教育相關人才之培育及提升。

三、出版或贊助與家庭教育及社會教育相關之書籍或刊物。

四、設置清寒獎助學金獎勵及贊助家庭清寒學生努力向學。

五、贊助及推動與家庭教育及社會教育相關之藝文公益活動。

六、弘揚孝道及推廣母慈子孝相關藝文活動之促進。

七、其他與本會創立宗旨有關之公益性教育事務。

☆基本資料

許可證書號：（101）竹市教社字第一〇八號（民國一〇一年一月十八日正式許可）

核准設立號：（101）府教社字第六〇六六號（民國一〇一年一月十八日核准設立）

法院登記完成日：中華民國一〇一年二月一日

基金會類別：教育類　統一編號：31658509

基金會網址：https://www.chulinkuei.org.tw

facebook 網址：https://www.facebook.com/chulinkuei

永久榮譽董事長：褚林貴

董事長兼執行長：褚宗堯

董事兼總幹事暨聯絡人：朱淑芬

☆贊助方式

〔若蒙捐贈，請告知：捐款人姓名、地址、電話，以便開立收據〕

銀行代號：806（元大銀行——東新竹分行）

銀行帳號：00-108-2661129-16

地址：30072 新竹市東區關新路27號15樓之7

電話：03-5636988　分機 205——朱小姐

傳真：03-5786380

E-mail：foundation.clk@gmail.com

附錄三

褚宗堯作品集

生活散文集：

1. 一天多一點智慧　一九九九年五月　高寶國際書版集團　散文
2. 境隨心轉——悠遊人生的況味　二〇〇〇年六月　高寶國際書版集團　散文
3. 笑納人生——養生、悠閒與精進　二〇〇二年十一月　聯經出版事業公司　散文
4. 話我九五老母——花甲么兒永遠的母親　二〇一二年十一月　褚林貴教育基金會　傳記
5. 母親，慢慢來，我會等您　二〇一四年五月　褚林貴教育基金會　散文
6. 母親，請您慢慢老　二〇一六年五月　褚林貴教育基金會　散文
7. 慈母心・赤子情——念我百歲慈母　二〇一八年二月　褚林貴教育基金會　散文
8. 詩念母親——永不止息　二〇一九年二月　褚林貴教育基金會　詩詞

9.	一個人陪老母旅行——母與子的難忘之旅	二〇二〇年二月	褚林貴教育基金會	小說
10.	母與子心靈小語	二〇二一年二月	褚林貴教育基金會	散文
11.	再老，還是母親的小小孩	二〇二二年二月	褚林貴教育基金會	繪本
12.	《詩書畫我母從前》	二〇二三年二月	褚林貴教育基金會	詩書畫

專業著作：

《經營觀念論集》、《企業概論》、《企業組織與管理》、《現代企業概論》、《金榜之路論集》等。

翻譯著作：

《工作評價》（Job Evaluation, Douglas L. Bartley 著／林富松、褚宗堯、郭木林合譯）

《經濟學》（Economics, Michael Bradley 著／林富松、褚宗堯合譯）

附錄四

延伸閱讀

作者簡介：

褚宗堯

國立交通大學「管理博士」，國立臺灣大學「學士」、「碩士」，國家高等考試「企業管理人員」及格。

國立交通大學管理科學系「退休教授」，華瀚文創科技「創辦人」兼「共同執行長」，安瀚科技「共同創辦人」兼「執行董事」，褚林貴教育基金會「董事長」兼「執行長」。

專業著作：

《經營觀念論集》、《企業概論》、《企業組織與管理》、《現代企業概論》、《金榜之路論集》等。

生活散文集：

《一天多一點智慧》、《境隨心轉——悠遊人生的況味》、《笑納人生——養生、悠閒與精進》、《話我九五老母——花甲么兒永遠的母親》、《母親，慢慢來，我會等您》、《母親，請您慢慢老》、《慈母心・赤子情——念我百歲慈母》、《詩念母親——永不止息》、《一個人陪老母旅行——母與子的難忘之旅》、《母與子心靈小語》、《再老，還是母親的小小孩》、《詩書畫我母從前》等。

文學獎：

榮獲「第四屆海峽兩岸漂母杯文學獎」（散文組第三名）〔得獎之作：〈再老，還是母親的小小孩〉（二〇一五年六月）〕。

母慈子孝系列

母慈子孝001
《話我九五老母——花甲么兒永遠的母親》

母親一生充滿著傳奇性，不僅出身寒門，從小失怙，且經歷了兩次不同家庭的養女歲月，卻從不怨天也不尤人。及長，雖嫁做貧窮地主之妻，但家道一貧如洗，十個子女先後出生，沉重無比的家計負擔，長期不斷的加諸在她一個弱女子的身上，卻能夠隨緣認命，咬緊牙關，憑著自己無以倫比的堅強毅力，以及天生的聰慧靈敏，終於振興了褚家的家運。

母慈子孝002
《母親，慢慢來，我會等您》

母親！您已年近百歲，雖然偶爾會忘了扣鈕子、戴假牙。吃飯時，也會掉些飯菜、弄髒衣服；梳頭髮時，手還會不停地抖。但，請您放心！我會對您付出更多的溫柔與耐心，也願意花更多的時間，協助您慢慢的用湯匙、用筷子吃東西；幫您穿鞋子、扣鈕子，推輪椅；幫您穿衣服、梳頭髮、與剪指甲。

母慈子孝003
《母親，請您慢慢老》

本書全然以「母愛」及「愛母」為主軸；字裡行間更是鋪設著從小到今，我這么兒與百歲老母親之間，那種發乎至情的「孺慕之情」與「牴犢情深」。如果細細品讀，相信你也會感受到幾許母子情深的無限溫馨。

謹以此書呈獻給：我一生的導師以及永遠的母親——　林貴女士。此書除了作為她百歲華誕的生日獻禮之外，也感謝她老人家，對我一輩子無始無邊以及無怨無悔的生我、鞠我、長我、育我、顧我、度我……，並向她老人家懇切地說聲：

「母親，我永遠愛您！也請您慢慢的老，讓我能夠孝順您更久！」

母慈子孝004
《慈母心・赤子情——念我百歲慈母》

這世上，會為自己母親一連寫下四本書的兒子，應該不多吧？而本書作者即是罕見的例子。

一位排行老九的么兒，在為他世壽百歲老母所寫的第四本書中，更是充滿著令人為之感動及讚嘆的母子情深。

書中的故事不只發生在作者身上，其實也是你的故事與心聲，只是作者幫你寫了出來。

還記得孩提時，母親對你那些點點滴滴的「舐犢情深」嗎？如果，你對母親還有一絲「孺慕之情」的話，那麼，讀了本書你定然也會感動不已！

你我的即時覺醒，就不會讓這社會任其「世風日下，人心不古，孝道黯然」。

母慈子孝005

《詩念母親——永不止息》

母親是個非常有修養的人，從小到大，她的言教與身教深深地影響著我，是我終生敬佩及景仰的上師，更是我的佛菩薩。

一個人能夠活到百歲，除了要有福份，更要身心皆得健康；其實，這很不容易也很辛苦。而我何其有幸，能與母親共處六十五載歲月，直到她高壽百歲辭世。

回想當年，我一直悲痛不捨，難以接受母親辭世的事實，因為，她老人家雖已屆百歲之年，但，她的身心依然體健英發、耳聰目明。

直到母後三年今日，我才真正覺知並感悟到，母親住世百歲的原因之一，是為了陪我走過人生無數甘苦與悲歡，並在身旁教化我、善導我學習與成長。而終究離開了我，是她認為可以放下、該放下了，要讓我自己走，走向性靈的精進與成長。

母親決是我終生無時不眷念的身影，本書我以近五十首現代詩，來發抒我對她老人家無限的緬懷之情，藉著「詩念母親」來「思念母親」——永不止息。

母慈子孝006

《一個人陪老母旅行——母與子的難忘之旅》

你曾經一個人陪老母旅行嗎？一個人哦！沒有其他親人或朋友。

相信很少人有此經驗，而我，就如此幸運；而且，不止一次。

想想那個畫面，一對已過半百的么兒與八十五歲以上的老母親。

再想想：長大後、結婚後，你有多久沒有和母親長時間獨處了？

我必須告訴你，那種感覺既純真、自在，又舒坦。

感謝妻的體諒與支持，欣然成全我，多次讓我一人陪老母去旅行。

藉此，聊表么兒對老母孝心之一二，那是萬金所難買到的。

這些經驗與心得，我寫了下來，抒發么兒對老母永不止息的緬懷。

同時，也願與有緣及有心的讀者們一起分享。

母慈子孝007

《母與子心靈小語》

寫作過程中，對母親永不止息的思念，不斷從記憶金庫裡泉湧，讓我穿梭於時光甬道間，將我與母親

倆珍貴的歲月憶往，藉由「心靈小語」為畫筆，描繪出更立體與層次感的情節及場景。

感謝佛菩薩加持，賜給我完成本書及前六本書的機緣與動力，讓我更深入瞭解我百歲仙逝慈母的德行與情操，發現，母親她比我想像中還要偉大、還要令我敬佩。

當我逐段、逐行、逐字修稿及潤稿時，在反覆細細品讀下，愈發感悟：母親對子女的「舐犢情濃」，以及子女對母親的「孺慕情深」，絕對是人間最為可貴的至愛。

這是我的故事，也是你的故事，是每個人一生中必然經歷的事，《母與子心靈小語》只想呼籲大家：行孝要「及時」更要「即時」！

母慈子孝008
《再老，還是母親的小小孩》

這本書，是我為母親寫的第八本書了。

母親膝下五男五女，我是她么兒，我們母子倆是罕見的緣深情重。

母後這些年來，我除經常想念她外，也積極推廣孝道，並以母親事蹟為題材，陸續為她寫了一系列「孝母專書」。

每一本書都是我為報效母恩，並發心弘揚孝道而完成的。

民國一〇四年六月九日，我榮獲「第四屆海峽兩岸漂母杯文學獎」（散文組第三名），得獎之作是

《再老，還是母親的小小孩》。

我很慶幸能在她生前，以她為題材榮獲此獎，並將獎狀及獎盃親手呈獻給她，這是我的福氣。

更欣慰的是，今天能以得獎之作為題材，為母親出版一本「繪本書」。

希望藉由圖文並茂方式，更生動表達我對已仙逝老母親，那難捨的孺慕情懷；同時緬懷母親這輩子，她予我的浩瀚母恩及舐犢濃情。

謹此提醒天下為人子女者，莫忘——再老，還是母親的小小孩！

母親在78歲後，無師自通的畫作之一。母雞帶著一群小雞，像極了當年她拉拔我們十個子女長大成人的艱辛情景。此畫每喚起我難忘的陳年憶往，以及我對她老人家無限的思念。

國家圖書館出版品預行編目

詩書畫我母從前 / 褚宗堯著. -- 新竹市：財團法人褚林貴教育基金會, 2023.02
面；　公分. -- (母慈子孝；9)
ISBN 978-986-88653-8-9(精裝)

863.51　　112000325

母慈子孝009

詩書畫我母從前

作　　者／褚宗堯
執行編輯／洪聖翔、莊祐晴
封面設計／吳咏潔
圖文排版／黃莉珊
出　　版／財團法人褚林貴教育基金會
30072新竹市東區關新路27號15樓之7
電話：+886-3-5636988
傳真：+886-3-5786380
製作銷售／秀威資訊科技股份有限公司
114 台北市內湖區瑞光路76巷69號2樓
電話：+886-2-2796-3638
傳真：+886-2-2796-1377
網路訂購／秀威書店：https://store.showwe.tw
博客來網路書店：http://www.books.com.tw
三民網路書店：http://www.m.sanmin.com.tw
讀冊生活：http://www.taaze.tw

出版日期／2023年2月
定　　價／320元